心海放歌

诗词集

赵海荣 著

线装书局

心海放歌

责任编辑：陈　卓
责任校对：聂星云
封面设计：安　丰

电子出版号·ISBN 978-7-89544-693-9

书　　名：心海放歌
作　　者：赵海荣
出版单位：线装书局有限公司
出版时间：2023年9月第1版
语　　言：中文
载体形态：光盘
地　　址：北京市丰台区方庄日月天地大厦B座17层（100078）
邮　　箱：xianzhuangshuju@126.com
网　　址：www.zgxzsj.com
字　　数：18千字

一般附注：本资源仅配合光盘使用

作者简介

赵海荣,男,江苏镇江人,现居厦门。当代军旅诗人,笔名逸涵,号圐山居士,中华诗词学会会员、中国诗歌学会会员、中国诗词家协会理事、中国当代文学学会会员、厦门市作家协会会员、厦门市诗词学会理事。1989年9月入伍,1993年3月入党,硕士研究生学历。曾在厦门某部队任职,上校军衔,现在厦门市宣传部门工作。曾任厦门市第十三届人大代表、语言文字工作委员会委员、少年先锋队工作委员会副主任、国防教育办公室副主任等职。

先后在军内外核心期刊、杂志和网络等媒体发表各类诗词2300余首。荣获"诗词世界杯"中华诗词大赛一等奖、"天籁杯"中华诗词大赛金奖、"华鼎奖"全国中华诗词大赛金奖、"东方美"全国诗联书画大赛金奖、"祖国好"华语文学艺术大赛金奖，并获得"爱国诗人""文化传承百佳诗人""中华优秀诗人词家""德艺双馨中华诗词家""中华诗词特级著作家"等荣誉。著有《心海拾玑》《心海泛舟》《心海潮涌》诗词集。

前　言

近年来，我发现身边喜爱诗词的朋友越来越多。他们中绝大部分从事的工作与文学并不沾边，算是跨界。他们中有公务员、人民教师、文员、军人、学生等，不论社会阶层，不分体制内外，有的只是对诗词艺术纯粹的热爱、质朴的情感、激情的释放、深情的感触。

古典诗词是中华传统文化的奇珍瑰宝，是慰藉人心、浸润灵魂、抚慰苍生的灵丹妙药。她因厚重凝练的汉语积淀、抑扬顿挫的独特韵律、历久弥新的文脉谱系，可以唤起我们共同的文化记忆，拨动我们内在的柔软心弦，激发我们潜藏的诗意情怀。心海系列三部曲（《心海拾玑》《心海泛舟》《心海潮涌》）出版后，我感到我身上始终澎湃着炎黄儿女的青春热血，滋养着中华文化的壮肥沃土，可以通过我的笔触将关乎国事家事、世态炎凉、悲欢离合、雅韵品尚、闲情逸致的点点滴滴记录下来，将真善美分享给大家。期待《心海放歌》诗词集的接续付印，能通过个人的力量，促成更多受众的价值与情感共鸣，更好融入这个纷繁复杂的世界，构建血脉相连的精神家园。

本书分家国情怀、时代先声、大好河山、漱玉雅韵、节日时令、情满人间、闲咏杂谈、感事抒怀、友情题赠共九个篇章，收录古体诗词 233 首（不含友情题赠诗词 9 首）、楹联 10 首，现代诗 8 首。

由于本人学识有限，加之时间仓促，书中不妥之处在所难免，敬请读者朋友们批评指正。

目 录

第一部 家国情怀篇

贺建党九十九周年 ... 002

中国共产党成立一百周年 ... 002

浪淘沙令·贺中国共产党百年华诞 ... 002

跨　越 ... 003

新中国七十华诞抒怀 ... 003

致敬首个人民警察节 ... 004

致敬喀喇戍边英雄 ... 004

忆秦娥·国祭 ... 004

忆秦娥·致第八个烈士纪念日 ... 005

观《血战长津湖》有感 ... 006

悼董万瑞将军 ... 006

悼颜再生将军 ... 006

致边防官兵 ... 007

英雄天涯 ... 007

谒厦门破狱斗争旧址 ... 008

悼袁隆平院士 ... 008

悼吴孟超院士 ………………………………………… 008

第二部　时代先声篇

浪淘沙令·贺第三届新媒体与理论工作厦门论坛
开幕 ………………………………………………… 010
访杏滨街道康城社区 ……………………………… 010
观何厝送王船摄影大赛 …………………………… 010
欣戏曲进校园活动启动 …………………………… 011
欣闻唐山"五恶"被警方缉拿 …………………… 011
挽四川凉山烈火勇士 ……………………………… 012
贺新郎·重庆山火之人定胜天 …………………… 012
福建永泰印象（四首） …………………………… 014
醉太平·癸卯春游厦门同安区莲花镇 …………… 015
临江仙·游厦门同安区莲花镇茂口村 …………… 015
癸卯初夏暮色登临厦门海沧区天竺山 …………… 016
访福建东山县谷文昌纪念馆感作 ………………… 016
赞传奇女孩谷爱凌 ………………………………… 017
欣闻嘉男世锦赛夺冠 ……………………………… 017
沁园春·半盏堂白炳友建盏作品赏赋 …………… 017
锦帐春·欣闻阿杰兄弟珠峰登顶 ………………… 018

第三部　大好河山篇

游无锡鼋头渚 ……………………………………… 020

游闽粤南澳总兵府 020

游长泰古山重村 020

鹧鸪天·重游同安野山谷 020

如梦令·长泰一日游印象 021

游海沧石峰岩寺 022

游青礁慈济祖宫 022

辛丑正月初五游德化九仙山 022

访海沧青礁村院前社 023

致鼓浪屿 023

鼓浪夕照 024

壬寅仲夏游海南南山 024

初春闲逛忠仑公园 025

初冬闲逛中山公园 025

清平乐·漫步山海步行栈道 025

临江仙·陪母亲漫步山海步行栈道 026

长相思·忆苍山洱海 026

第四部　漱玉雅韵篇

春光美 028

春　潮 028

醉　蓝 028

农家小院 029

题　竹 029

玉团儿·玉兰花	029
咏　枝	030
咏　梅	030
春　梅	031
凤凰花	031
行香子·睡莲	031
莲　子	032
百香果	033
椰　果	033
一品咖啡	033
采桑子·闲品咖啡	034
相见欢·小满适逢国际茶日随吟	034
品　茗	035
题御上茗	035
题皇龙袍	036
题金丝皇菊	036
风　筝	036
南屏晚钟	037
福安继光饼	037
聆音（两首）	037
采桑子·室雅艺芳	038
晚鹭（两首）	038
读《溪谷留香》有感	039
读书偶得	039

赠书法家、书法教育家陈美祥先生 039
题画家白磊先生《清欢》图 040
沁园春·紫砂工艺大师路朔良精品赏赋 041

第五部　节日时令篇

立　春 044
立春闲吟 044
丁酉除夕（两首） 045
戊戌除夕（两首） 045
浪淘沙令·庚子除夕 046
壬寅除夕四题 046
生查子·庚子元夕 049
菩萨蛮·戊戌元夕 049
雨　水 050
惊　蛰 050
春　分 050
清明（四首） 051
二月二，龙抬头 052
芒种（两首） 052
端　午 053
小　暑 053
大　暑 053
立秋闲吟 054

白　露 054

玉蝴蝶·白露 055

浪淘沙令·中秋月圆 056

秋　分 056

眼儿媚·秋分 057

七　夕 057

卜算子·寒露 058

点绛唇·霜降 058

冬至（两首） 059

小　寒 060

武陵春·入冬闲吟 060

第六部　情满人间篇

祝首长光荣退休 062

俞、施二老伉俪情深 062

水调歌头·贺俞邃、施蕴陵老师钻石婚庆 062

贺母亲七十三岁生辰 063

致慈母 063

千秋岁引·贺母亲大人七十六岁生辰 064

戊戌二月十八致父亲 065

卜算子·可爱此时辰 065

一代佳人 066

花仙子 066

示 儿	067
致一鸣（两首）	067
忆秦娥·庚子仲秋寄儿	068
唐多令·雀枝头	068
点绛唇·贺一鸣第九届国际声乐公开赛摘桂	069
战友聚会	070
秋蕊香·致某主持	070
江峰、冰冰百年好合	070
天骄、方圆百年好合	071
忆江南·梨花雨	071
贺新郎·逗晓羞云敛	072
长相思·情思（四首）	073
春梦系列（两首）	074
红颜吟	074
致 Neesy 小妹	075
十六字令·眺月	075
今日腊八追思亡父	076
悼胡志毅先生	076

第七部　闲咏杂谈篇

游子吟	078
致朗读者	078
致南琶女	078

题交警花 079

苦学练车 079

理　发 079

壬寅夏秋泡温泉（两首）...................... 080

戏说"女红" 081

火烧喉 081

捣练子·伤乱集句（四首）.................... 081

说新疆棉花之"殇" 082

戏说某厅官著《平安经》...................... 082

戏说某县委书记登台献艺 083

说刘、陈两社会人渣 083

致"11.11"光棍节 084

抬头见喜 084

育　雏 085

璞　玉 085

菩萨蛮·那一夜 085

夏日羁思 086

致敬"3.8"女神节 086

拔智齿 086

超　越 086

观微信有寄（三首）.......................... 087

观抖音有寄（三首）.......................... 088

观《人生轨迹》雕塑 089

采桑子·观影《芳华》有寄 089

第八部　感事抒怀篇

2018年元旦抒怀（两首） 092
丙申岁末汉斯游艇之夜 092
夜思（两首） 093
无　题 093
临窗惹乡愁（四首） 094
望乡（两首） 094
踏莎行·春思 095
霜叶飞·春绪 095
瑶阶草·愁绪 096
生查子·春愁（四首） 097
杂　咏 098
飞　绪 098
卜算子·渡劫 099
又是华灯初上时（两首） 100
朝中措·颜悦 100
春光好·醉酒吟 101
生日感怀 101
岁杪寄怀 102
采桑子·经年不过归鸿宇 102
江城子·戊戌年初二携儿登临圙山有感 103

第九部　友情题赠篇

贺海荣《心海放歌》诗词集出版 106

读《心海放歌》 107

海荣辑诗见示 107

画堂春·读海荣兄《心海放歌》卷有感 108

水调歌头·致海荣 108

满庭芳·致逸涵吟长 109

卜算子·贺军旅诗人赵海荣兄《心海放歌》诗词集付梓 110

题赵海荣兄《心海放歌》诗词集 111

题赠军旅诗家赵海荣并贺《心海放歌》付梓 111

附一：楹联

附二：现代诗

附三：文旅足迹

第一部 家国情怀篇

贺建党九十九周年

曾经烽火燃华夏,重九江山万里红。
浇铸镰锤心隽永,霞光一路正罡风。

中国共产党成立一百周年

星火南湖破晓天,锤镰赤帜映坤乾。
临危救难谋存灭,励志图强解沸煎。
搏击风云金翼展,登攀岭嶂铁肩前。
神州万里罡风劲,潮涌阳倾遍大川。

浪淘沙令·贺中国共产党百年华诞
（步李煜韵）

沐雨栉风行,历稔峥嵘。
挥戈逐日世殊惊。
踏尽艰辛驱瘴雾,重塑新生。

正启复兴征，鼙鼓长鸣。

搏浪击水缚长缨。

筑梦壮歌催正发，海晏河清。

跨　越

一路风尘越险关，今宵祝捷笑开颜。

回眸步履多坚劲，巨掣扬帆只等闲。

新中国七十华诞抒怀

栉风沐雨乾坤转，百炼千锤铸大川。

铁甲如流威烨赫，红旗漫卷谱新篇。

致敬首个人民警察节

红蓝相间耀金徽，白鸽齐天九域飞。
哪得流年方静好，人民卫士显神威。

致敬喀喇戍边英雄

疆之发界如珍宝，谁戍喀喇铸盾刀。
焊冉青春镌铁骨，激扬热血写英豪。
祥榕仍继红军志，金甲犹彰劲旅旄。
何惜平生思远爱，不丢国土半分毫。

注：2021年2月，中央军委授予祁发宝"卫国戍边英雄团长"荣誉称号，追授陈红军"卫国戍边英雄"荣誉称号，给陈祥榕、肖思远、王焊冉追记一等功。

忆秦娥·国祭

（步李白韵）

清明阙。钟鸣悲笛珠喉咽。
珠喉咽。默哀降旗，凄怆凝噎。

暖阳化彻尘封雪。春风拂柳何时歇。

何时歇。亡灵安息,犹思英烈。

忆秦娥·致第八个烈士纪念日
（步李白韵）

英魂烈。云碑静默硝烟绝。

硝烟绝。海风悲鸣,哀思难歇。

捐躯舍命何曾惜。建功立业真如铁。

真如铁。中华人杰,生生不息。

观《血战长津湖》有感

漫天风雪阻人行，抗美援朝卫太平。
凝固冰雕昭日月，融成灰烬化虹旌。
侠肝何怯长津渡，娘炮鲜知汉柳营。
华夏依稀魂梦里，山河呜咽号争鸣。

悼董万瑞将军

曾经叱咤挽乾坤，镇守长江扼浪奔。
自古英雄死何惮，泪花化雨忆忠魂。

悼颜再生将军

赤胆忠心两袖风，御林拱卫护旗红。
文韬武略囊中探，垂史轩辕赫赫功。

致边防官兵

雪域藏南竞隼鹰,目光如炬气吹冰。
钢枪紧握为家国,何惧虎狼来霸凌。

英雄天涯

战鹰折戟坠天涯,陌路黄沙汩泪花。
万顷波涛皆不语,英魂故里早归家。

谒厦门破狱斗争旧址

炼狱狰狞怎可哀，凤凰隼鹗惮何来！
忠魂赫赫垂青史，碎骨焚身换旧台。

悼袁隆平院士

晌午忽惊起，悲音九域传。
临餐思国士，垂涕叹良贤。
一世禾花梦，三生土埂缘。
从今阡陌上，谁与话粮先？

悼吴孟超院士

风云呜咽雨湍然，驾鹤吴公入紫烟。
济世悬壶神术傲，拯民救患善心传。
功高一绝淡如水，技湛无双爀此篇。
襟挂苍生真国士，星光熠熠照山川。

第二部 时代先声篇

浪淘沙令·贺第三届新媒体与理论工作厦门论坛开幕

大厦有坤乾,白鹭翩跹。犹言信使纸间笺。
单骑驿亭哀妇怨,楚凤飞天。

时代赋新篇,资讯前沿。酒香醇厚巷中传。
谱漫博微今满目,谁与争先?

注:"谱漫博微"特指脸谱、动漫、微博、微信。

访杏滨街道康城社区

凌寒翘首盼阳生,乐业安居百姓倾。
党建举旗操首舵,群工携手把高擎。
社区团结经纬合,邻里和谐阡陌荣。
共享共融彰创意,轩辕最美数康城。

观何厝送王船摄影大赛

何厝村民御海生,一光一影总关情。
古风遗韵观叹止,耳畔犹徊祭祀声。

欣戏曲进校园活动启动

古韵悠悠扬国粹,南音仔甲闹寒帷。
今宵稚蕾初初绽,桃李她春缀满枝。

欣闻唐山"五恶"被警方缉拿

燕赵风闻警笛鸣,终擒恶霸旭阳倾。
衣冠禽兽岂强虐,铰链钢刀必斩狞。
正义不彰生恐怖,邪魔蛰伏乱澄明。
安良除暴须根尽,还我中华一太平。

挽四川凉山烈火勇士

凉岗烈火铸英魂,三十黄衣毅绝尘。
国恸民哀山哽咽,追思最美逆行人。

贺新郎·重庆山火之人定胜天
(步叶梦得韵)

壬寅仲秋末。川渝沸,高温极绝,幽火频地。
惊闻河床龟裂陈,炽热让人窒息。
更龙舌蔓延难掣。
席卷之处皆涂炭,毁林木,灵兽化尘雪。
苍生苦,凝喉噎。

歆重庆崽儿雄起。吹号角,齐心携手,生死共决。
急逆行者灯无灭,漫山摩托腾越。
构红蓝"人"字图帖。
江山自古人民阅,数英雄,何处不堪说。
忠勇烈,脊梁铁!

注:"人"字图帖特指 2022 年 8 月重庆北碚地区引发的森林大火与救援人群中的摩托车队灯流和手电筒微光交相辉映而形成的红蓝相间的自然图案。

第二部　时代先声篇

福建永泰印象（四首）

一

寻芳揽胜新安巷，忠孝仁和意韵长。
古邑鹤鸣千秋岁，世科及第漾书香。

二

狼烟烽火燃边城，征战从来岂顾生？
锦绣山河今尚在，至今犹思赤乡情。

三

碧水云溪好寨庄，满园菡萏任风光。
繁华落尽梅作酒，古厝悠悠石敢当。

四

变迁时代蕴生机，闽北三农展党旗。
红绿其中有深意，真经守得谱新词。

醉太平·癸卯春游厦门同安区莲花镇

（步刘过韵）

梦回远村。山坡弄筠。
拈巾泥土芳芬。醉佳肴茗淳。

仙宫说魂。龙窑道文。
畅游诗赋奇闻。恰百花正春。

临江仙·游厦门同安区莲花镇茂口村

（步和凝韵）

孟春晴旭辉山岭，翠微天际遥迢。
种篱修菊说花娇。白鹅游曳乐逍遥。

折径穿幽临水畔，聚炉啜茗闲聊。
轻裘缓带唱今宵。人间佳致在乡寮。

癸卯初夏暮色登临厦门海沧区天竺山

重游故地觅仙踪，叠嶂群峦隐大风。
忽驻云溪静流处，方知造诣在其中。

访福建东山县谷文昌纪念馆感作

东山有谷公，毕奉一生功。
御敌掀蚊浪，治沙响宇穹。
躬身求实务，勤俭培家风。
此数人中杰，万民齐仰崇。

赞传奇女孩谷爱凌

凌空飞转一归鸿,冰雪腾挪傲宇穹。
绝色芳华存志远,九洲万里漾和风。

欣闻嘉男世锦赛夺冠

莫道沙场绝大鹏,嘉男一跃跨千塍。
惊鸿昊宇两相顾,不觉炎黄已捷登。

沁园春·半盏堂白炳友建盏作品赏赋
（步苏轼韵）

闽北名邦,朱熹故里,七里晓钟。
慕雨霖充沛,川津红润,桃源胜地,大宋遗风。
水吉云舒,东溪泉涌,谁炼冰瓯世代崇?
千姿魅,说茶珍奇宝,气贯长虹。

遍游南北西东。堪大匠、初心日月中。
数兔毫翎雀,油珠玉凤,随心曜变,窑火生龙。

釉面晶莹，花纹溢彩，彪炳天星铸伟功。
半堂客，品盏怀古意，独树其宗。

锦帐春·欣闻阿杰兄弟珠峰登顶
（步辛弃疾韵）

天界珠峰，高山仰止。最冰雪奇峦傲世。
一生痴，千里梦，纵死终无悔。登巅披桂。

几伴雄鹰，几随星寐。试叩问人神谁配？
向苍穹，英杰会。喜豪情如炽。云端绝美！

第三部 大好河山篇

游无锡鼋头渚

曾经沧海忘归童,今笑繁华沐晚风。
鼋隐渚横鹜飞远,数帆只影一湖中。

游闽粤南澳总兵府

猎屿铳城一弹丸,硝烟烽火慑倭寒。
虬髯古树悄无语,郑帅堂前忆剑澜。

游长泰古山重村

黛山碧水彩云追,十里兰溪沐九夷。
尤喜霓裳伴红袖,乘风御马正诗时。

鹧鸪天·重游同安野山谷
（步晏几道韵）

谪向人间不慕仙,闲鸱野鹤逐云烟。
山青溪翠林飞雨,露曼汽氤波逐莲。

花自放,叶翩跹。惟怜难觅昔华年。
莫教前浪奔腾急,且惜醉红藏凤笺。

如梦令·长泰一日游印象
（步后唐庄宗韵）

十里蓝山不老。古寨古村静好。
暗悦野溪潺。弹拨箫弦咏调。
可妙。可妙。蝶戏兰花蕙草。

游海沧石峰岩寺

栖宅染尘徒怨尤,闲来驱驾漫悠游。
钟山叠翠奇峰立,古刹幽深隐圣留。
映水潭边掬琼液,静心石畔念禅修。
何须苟且名和利,但得风流自帝侯。

游青礁慈济祖宫

昊天圣地通灵显,扁鹊华佗伴我行。
祛病消灾真瑞兆,佛光普渡济苍生。

辛丑正月初五游德化九仙山

居久俗尘才领骚,临仙绝顶挂金袍。
溪云歆畅九天阔,奇石应知万仞豪。
灵鹫寺前佛光显,永安岩下水莲淘。
焚香点烛心澄净,五蕴弥陀道法高。

访海沧青礁村院前社

颜氏培优好子孙,筑巢引凤兴襄屯。
民风淳朴家兴旺,泥燕徐来落院门。

致鼓浪屿

莫道乾坤微几许,水山相隔两无语。
若非情窦早初开,怎会痴眸凝醉屿。

鼓浪夕照

夕阳西去流金洒,染作窗前燫锦云。
许是龙宫今设宴,一汪潋滟五花纹。

壬寅仲夏游海南南山

早闻海上有观音,临水之浔一瑞琛。
八丈莲台聚香客,仙山逢旱得甘霖。

初春闲逛忠仑公园

桃月园中锦几篇,漫眸瑰色缀云边。
春风十里不如你,年复思君又一年。

初冬闲逛中山公园

辜月嘉禾宜着色,满园嫩绿沫春风。
叟童佳偶皆佳致,入眼桃花分外红。

清平乐·漫步山海步行栈道
（步赵长卿韵）

青山栈道,晚夕春风袅。
遍野蒹葭花艳俏,更羡远飞鸳鸟。

纤云渺渺飘飘,帅哥仙女撩撩。
诗意赋闲正兴,逸心漫步风骚。

临江仙·陪母亲漫步山海步行栈道
（步向子諲韵）

闲看风花秋月，莫嗟子恋春晖。
相陪银发出闺帏。
天蓝海碧，白鹭二三飞。

最怕亲情不待，时光倏忽些微。
相牵欢笑漾心扉。
鹤栖萱草，夕照伴依归。

长相思·忆苍山洱海
（步欧阳修韵）

近亦山，远亦山，漫卷清波连宇寰。徜徉碧水间。
来也缘，去也缘，几梦魂牵不思还。何妨遗忘年。

第四部 漱玉雅韵篇

春光美

千般嘉月好,欲说又还休。
嫩绿出穹岫,油黄漫绮裘。
拈花香韵染,汲土郁淳流。
春色撩人醉,风吹万古愁。

春　潮

凭栏远眺百花葳,鼓浪如歌紫气菲。
彼岸海棠香暗沁,潮平潮涨几回归。

醉　蓝

骤雨初停待皎然,云风逐浪夏无眠。
千般醉意参差起,吟里相思倚少年。

农家小院

幽幽小院满庭芳,缕缕枣花飘弄堂。
一径葡萄入斜影,黄鹂闲唱马头墙。

题 竹

小径幽篁里,紫烟生习风。
曦光辉片片,雨露润蒙蒙。
翠影飘摇处,清音渐沸中。
莫如轩槛侧,诗意袅长空。

玉团儿·玉兰花

(步周邦彦韵)

冰颜玉骨纤腰族,好清韵、天然脱俗。
出水芙蓉,无邪浪漫,情自来熟。

伊人一袭霓裳瀑,是活色、生香直扑。
耐得华光,岂能虚度,真昵不足。

咏　枝

闲庭踞虎栖，旮落长成枝。
尝尽风和月，方吟翥凤词。

咏　梅

犄角数梅开，嫣红两莫猜。
仲冬花未遂，春梦惹尘埃。

春 梅

一

春梅初绽倍玲珑，袅娜玉姿摇曳中。
尤喜凤凰也飞绽，中山阆苑说青红。

二

赊雪横窗占早春，芳华几度竞纷纭。
谁裁绯素三分羡，已悦菱花蠹凤君。

凤凰花

揉彤拈翠作丹青，才染花街好幛屏。
万种风情终不语，清风拂过任娉婷。

行香子·睡莲
（步晁补之韵）

行至仙宫，做客溪家。更卡卡留我喝茶。
　　檐前流瀑，湿履陶衙。
　　对雨中燕，缸中绿，雾中葩。

何须昊阔，方圆即可。且凡心洗去铅华。

子衿青涩，骄雅不奢。

但日同随，月同驻，影同斜。

莲　子

青青小斗蓬，玉果孕巢中。

曲院风荷隐，尤娇一点红。

百香果

烟火人间不觉伤，瑶林恍忆紫红黄。
曾经梦里蟠桃会，欲吻嫦娥暗作香。

椰 果

南国有奇株，树梢垂美葫。
皮肌皆嫩雪，囊窍尽仙濡。
闲啖心脾爽，畅嘬肠胃苏。
何驱火行逆，此物最臻俱。

一品咖啡

一勺红酥半勺糖，玉簪轻搅活生香。
春波哪问瑶池浅，几咽龙涎已入肠。

采桑子·闲品咖啡
（步李清照韵）

江波流照千帆影，春色芳菲，春色芳菲。

难得清幽，金缕入心扉。

临窗景致依然在，物是人非，物是人非。

闲品咖啡，又盼小燕归。

相见欢·小满适逢国际茶日随吟
（步薛昭蕴韵）

依山听雨闲栖，鹊啼啼。

漫卷舒云缱绻，树千姿。

山海丽，春秋事，意迟迟。

小满雅兴巧恰，饮茶时。

品 茗

沏壶流线雨，涤荡几秋春。
惟有琴音起，沁香无味人。

题御上茗

御扇映桃春正生，汲泉煮茗暗香盈。
一窗流旭何时入，孤品谁人话燕京？

题皇龙袍

一品皇冠加绝鼎,清香漫沁绕心扉。
澄莹活色说仙境,把盏春秋正隐归。

题金丝皇菊

烹泉御盏始思皇,指染金丝舞袖香。
东浒篱边谁醉醒,悠然采菊到南乡。

风　筝

春风拂柳九霄中,星汉无垠泛彩虹。
千里飘摇也相系,豪情如贯任苍穹。

南屏晚钟

沐雨临风路几重,灞桥斜觅俏芙蓉。

子衿又赋寒山寺,半世梅花半夜钟。

福安继光饼

铜颅铁脸什花锦,惯啖干粮数此歆。

海味山珍无足恋,欣然忆起继光音。

注:"继光"特指明朝抗倭名将,杰出的军事家、书法家、诗人、民族英雄戚继光。

聆音(两首)

一

晚归畅饮至初酣,美景良辰岂枉耽。

邀约嫦娥来做客,莫如聆曲忆江南。

二

金风玉露一相逢,胜却人间万世空。

若得高山流水意,何如醉入映山红。

注:"忆江南""映山红"均为古筝优秀传统经典曲目名。

采桑子·室雅艺芳

（步和凝韵）

邀来明月移宫阙。

树下灯前，室雅茶研。

一抹檀心花样年。

南音犹伴羲皇奏。

晚鹭翩跹，指吹珠钿。

得得天工炫九天。

晚鹭（两首）

一

傍晚微曛泛水矶，飞来白鹭两相依。

双栖双息撩春水，羡煞神仙甲乙几。

二

日暮闲游未有期，晚来依旧满花枝。

随栖白鹭谁言与，羁思春风惘昔时。

读《溪谷留香》有感

碧水丹山甲武夷，钟灵毓秀蕴仙姬。

溪流九曲音萦谷，真味留香漉尽诗。

读书偶得

倚窗小寐悄苏醒，闲觅时光恰读时。

趁饮一杯正岩色，芳香萦绕醉心怡。

赠书法家、书法教育家陈美祥先生

未临瀚墨池，先习陈公诂。

字里有乾坤，美祥彰栩栩。

题画家白磊先生《清欢》图

墨染绫丝意万千，瓜椒蔬果活生鲜。

东篱墙下诗茶酒，至味清欢话圣贤。

沁园春·紫砂工艺大师路朔良精品赏赋

（步苏轼韵）

阳羡溪山，毗水通衢，史脉陶都。

溯隋唐工艺，中兴不绝；舜尧化土，大匠堪殊。

时序轮回，弄潮竞渡，无限风光在紫壶。

踵先法，朔鼓开新路，何惧荣枯。

瑶章邀凤栖梧。阅良作，抖零万斛珠。

有汉钟横竹，云龙纹鼎；井栏八卦，山野乡庐。

典制浑天，火泥精淬，妙手春秋与梦俱。

今有寄，秉丹心之素，一品高孤。

注："汉钟""横竹""云龙""纹鼎""井栏""八卦"均为路朔良大师制作的精品紫砂壶名。

第五部 节日时令篇

立 春

寒潮衔岁尾，霁月映清辉。
冬去春来早，燕儿含笑归。

立春闲吟

春去春来复几回，流年章岁又新醅。
桃符接福紫云逐，柳信传情绿意催。
寒雪消融梅正放，曦光挥洒韵依来。
且凭青眼游千遍，锦绣河山次第开。

丁酉除夕（两首）

一

戴冠一长鸣，乾坤爆竹声。

桃符染新色，楹对透殊情。

佳酿千杯浅，缃梅万户盈。

欢歌今夕醉，闲听雪飘营。

二

盈盈紫气喜东来，火树银花遍地开。

祈福安康吉祥苑，一鸣戴冠立高台。

戊戌除夕（两首）

一

白鹭翩翩舞榭斜，彤云紫气织千家。

如来笑彦围炉火，望断天涯彼岸花。

二

经年一岁又新时，万户千家缀绿枝。

悄立市桥童不识，柔眸极处几多痴。

浪淘沙令·庚子除夕
（步李煜韵）

弹指一年轮。又莅新春。

青丝添白额添皱。

妻子儿娘惟健好，好梦须频。

不过是凡身。望自多珍。

红尘跌宕做真人。

邀月围炉推盏话，忽念家君。

壬寅除夕四题

忆秦娥·除夕
（步李白韵）

新春到。岭冈飞雪欣梅俏。

欣梅俏。鸾凤鸣唱，来把春报。

万家烟火放花炮。银屏活色生妖娆。

生妖娆。今宵团聚，颜绽眉笑。

长相思·除夕

（步白居易韵）

贴联红。挑灯红。新易桃符说瑞丰。人喧玉马骢。
迎春风。笑春风。乐舞升平催醉瞳。九州其乐融。

行香子·除夕

（步晁补之韵）

伫立嘉禾，远眺南乡。倚阑干思绪徜徉。

故园历目，魂梦山冈。

恰烟花红，菊花绿，柳花黄。

普天祥瑞，暄风和畅。更麒麟说唱词章。

万家灯火，锦绣华光。

正颜儿欣，眼儿媚，酒儿香。

注：唱"麒麟"，特指江苏省镇江市东乡地区春节期间流行的一种民俗活动。

南乡子·除夕
（步冯延巳韵）

岁月静悠悠。烟雨氤氲漫碧楼。

屏笑极欢当进酒，不休。

和煦春风虎步遒。

无奈是乡愁。长向星空肆泪流。

贴对守神呈瑞兆，无忧。

万户千家火旺稠。

生查子·庚子元夕

（步韩偓韵）

鹭鸶竞旷城，九域烟岚冷。
溯昔挑灯游，樽里新醅滢。
今夕又上元，阡陌皆空静。
惶恐与忧忡，皆遁花时盛。

菩萨蛮·戊戌元夕

（步李白韵）

恍然元夜今来早，星河如昼街喧闹。
锦鲫跃瑶池，玉龙舞逸姿。

笙欢安厌倦，童趣犹徊旋。
灯火照孤鸾，与谁共玉婵？

雨　水

歆风澎雨弄青鹅，柳色依依惹翠波。

雾截千丝都障隐，伤春落泪一何多。

惊　蛰

春雨如期淅沥来，桃红李白燕徘徊。

柳丝摇曳风催暖，绿野牧童芦笛开。

春　分

春来有几分，夜雨不惊尘。

时绿催新发，鸟鸣酣梦人。

清明（四首）

一

又是一年春雨纷，圙山青笋接新坟。
他乡羁客终无孝，惟祭哀思望断云。

二

春风又绿江南岸，借问江东几日还？
青冢黄花都不语，谁知游子泪斑斑。

三

游子空嗟眺远尘，睹今祭祖百宗人。
东风才绿江南岸，哀悼家君又一春。

四

雨丝飘至倍思亲，焚纸燃香祭故人。
哀默不禁千行泪，惟期天国绝悲呻。

二月二，龙抬头

恰是阳春二月关，蛟龙抬首舞青山。
野凫掠水凌堤坝，烟柳拂云晖峡湾。
瑞雪消融生万物，清风徐疾绘千颜。
若非识得东风魅，哪得桃梅灿又娴。

芒种（两首）

一

东风熏染麦金黄，菡萏倾池满院香。
梅子熟来雨无歇，菱歌千里梦悠长。

二

时序届芒种，蓑衣正插秧。
雏藤牵角果，沃野任麻桑。
雨过顷空碧，风吹百草香。
即今幸无恙，他日再持觞。

端　午

小小荷包绣彩丝，菱舟悄入藕花池。
清清艾草飘香处，正是千家剥粽时。

小　暑

闲居一室恋幽台，忽悚飓风溜道来。
正好暑蒸猛如虎，何其舒爽畅怀开。

大　暑

伏来酷热形山虎，树荫荷塘好景光。
可恼蝉儿呼不止，不如一醉梦娇娘。

立秋闲吟

暑蒸依旧烈，不觉已临秋。

瘟疫才来袭，台风又肆游。

慈壶谋汝未，碧海忘他愁。

唯愿清风起，祈安勿挂忧。

白　露

西风催锦谢，白露起兼葭。

远黛杳无讯，闲阶早着蟆。

青葱追俗色，不惑醉云霞。

更待青鸾至，倾城半月纱。

注："半月纱"指古筝优秀传统经典曲目名。

第五部 节日时令篇

玉蝴蝶·白露
（步温庭筠韵）

阶前晨白时光，蒹葭露苍苍。
遍野菊花黄，秋鸿万里翔。

残荷凋谢处，眸入满凄凉。
沙漏细流长，海棠依旧香。

浪淘沙令·中秋月圆
(步李煜韵)

今日普天圆。华夏同欢。

凝眸星宇万重天。

月下嫦娥携玉兔,起舞蹁跹。

独自倚窗边。思绪悠然。

鬓秋轻叹逝流年。

何不邀杯吴桂酒,梦里婵娟。

秋 分

一日半分匀,西风催锦偃。

长天大雁徐,羁旅凉蟾远。

眼儿媚·秋分
（步左誉韵）

曦夕从今各平分。秋叶醉彤云。
西风萧瑟，层林尽染，阡陌红尘。

稻黄蟹硕丰年说，影瘦梦犹频。
雁行阵阵，霜凝肃肃，满目离痕。

七 夕

秋蝉一唱动悲吟，织女牛郎乞巧寻。
可羡鸳鸯来戏水，今生来世永牵襟。

卜算子·寒露
（步苏轼韵）

忽觉金风来，丹桂旋华丽。
昨夜嘉澍惹无眠。叶落调红恚。

露始今日寒，满院秋蝉碎。
莫怕酤香深巷藏。正好思乡醉。

点绛唇·霜降
（步冯延巳韵）

碧宇清秋，风催锦谢迎霜降。
雁徐北上，万里无思惆。

旷野洪荒，柿果敲窗响。任天朗。
层峦叠嶂，凝目心神往。

冬至（两首）

一

今朝数九三冬至，炉火对盅飘雪花。
梅岭寒霜将蚀尽，春风已拂海天涯。

二

此岁序添伊始九，他乡又遇一阳生。
举樽浊酒色光浅，聆阙清音玉韵轻。
管里飞葭烟湮灭，旭中流晕瑞升平。
由来物候与诸事，都付雪融梅岭声。

小 寒

冰封凝万壑，白雉始飞鸣。
梅绽两三朵，闲聆雪落声。

武陵春·入冬闲吟
（步毛滂韵）

小雪如来初泛雪，更有海天风。
沙漏花荫诸事空，谈笑也从容。

跌宕红尘纵苦累，快意畅心胸。
最喜嘉禾景正浓，抬眼一飞鸿。

第六部 情满人间篇

祝首长光荣退休

戎马一生伴,寒门出锦衣。
忠心诚可铸,赤胆断难违。
苦旅风尘炼,凡身灿燃辉。
而今俱往矣,卸甲复高飞。

俞、施二老伉俪情深

百年好合千年恋,佳偶天成生万羡。
谁守初心仍一如,梅花三弄始今见。

水调歌头·贺俞邃、施蕴陵老师钻石婚庆
（步毛滂韵）

深耕阡陌地,甲子默为梯。
杏坛坚守,笔端流彩写传奇。
两鬓华霜浸染,巨制鸿篇浇铸,桃李自成蹊。
凤凰栖梧树,老骥奋扬蹄。

真淡泊，任荣辱，践无私。

重行修德，沧海跌宕亦情痴。

洞悉风云愈邃，雅品书香灵韵，形影两相随。

伉俪惹人羡，无愧做人师。

贺母亲七十三岁生辰

稀龄悄度至娘亲，独寡经年亦有神。

顾我学成何历难，怜她衰病怎伤身。

青衫难溯桑梨茂，陌巷犹闻饺子醇。

唯愿水流山不老，凭看岭上鹤乘云。

致慈母

一岁一湍然，时光不再鲜。

煲汤仍美郁，缝线恁翩跹。

难得休闲致，终归节俭虔。

欣欣萱草盛，愿尔享天年。

千秋岁引·贺母亲大人七十六岁生辰

（步王安石韵）

岁月蹉跎，时光煮雨。

漫自风云任飞渡。

何辞作劳担农事，莫言苦累肩儿女。

额添皱，发增白，倦体偻。

犹思灶香汤就黍，还忆烛辉针穿杼。

昔日欣欣怎堪数？

而今齐手许心愿，她朝得福延年驻。

涌松涛，展鹤翼，长青树。

戊戌二月十八致父亲
（排律）

逐世恰浮萍，红尘多舛征。
由来一卢的，本是智多星。
仁义雕琥珀，善良摘凤翎。
利名当外事，悲喜让无形。
逝水难收覆，浮萍任谢零。
但乘长鹤去，松柏万年青。

卜算子·可爱此时辰
（步苏轼韵）

可爱此时辰，可爱颜儿俏。
可爱莺喃徊耳边，不绝余音绕。

恰是小花仙，恰是青鸾鸟。
恰是相携手心连，不信时光老。

一代佳人

（中华新韵）

一花一室一佳人，一笑一颦一摄魂。

一李一桃一世界，一生一世一倾君。

花仙子

一岁年轮一岁人，百花争艳百花新。

童心滋养生童趣，出世无沾入世尘。

示 儿

蜀道千沟坎，云门试素衣。
清音终极恋，文学也难违。
一路风尘苦，三身困厄微。
汝当立鸿志，振翅远高飞。

致一鸣（两首）

一

最是韶华锉箭光，那堪白昼与昏黄。
皇冠惜羽惟骑骥，他日殷勤赠栋梁。

二

荷尖初绽满庭芳，袅娜清音绕大梁。
自信中流搏击水，他朝紫殿响华章。

忆秦娥·庚子仲秋寄儿
（步李白韵）

涉千舛。殿堂簧宇随心愿。
随心愿。寒窗十载，艺跋音演。

放歌弹奏精奇选。习文健体飞天远。
飞天远。初心无悔，鸿途如练。

唐多令·雀枝头
（步刘过韵）

六月发鸿猷，簧门子弟酬。
看千帆竞发神州。
演舞音传歌戏美，如荼火，任筹谋。

逢疫孰能休，赛舟自逼遒。
好莺歌、揽胜风流。
夜雨歇停云更艳，闻喜鹊，唱枝头。

注："演舞音传歌戏美"特指导演、舞蹈、音乐学、传媒、声歌、戏曲、美术等艺术专业。

点绛唇·贺一鸣第九届国际声乐公开赛摘桂

（步冯延巳韵）

踏浪乘槎，不精艺苑不迷醉。

雏牛殿试，拔得头筹帅。

华诞待期，又喜风流事。

琴瑟契，恬澜吹水，意盼星光绮。

战友聚会

幸月牡丹齐聚首,今宵卸甲意风扬。

东南烽火依稀烈,笑意乾坤四海翔。

秋蕊香·致某主持
(步晏殊韵)

五月鲜花倾诱,江畔和风依旧。

是谁轻启樱桃口,酿造醉人时候。

柔腰纤指真丝镂,金钟秀。

吸睛留履无须走,晓得如期邂逅。

江峰、冰冰百年好合

晋安福地赫峰名,琴瑟和鸣两岸声。

赤兔骄鸾携起手,冰颜笑绽正欢情。

天骄、方圆百年好合

鹭鸶鼓浪九天行,琴瑟和鸣玉佩声。

骄子方牵红袖舞,月圆花好两交觥。

忆江南·梨花雨

(步欧阳修韵)

曦和约,娇蕊向阳开。

千树梨花浮月魄,三更松影瘦诗才。

儒彦叹无猜。

丝雨坠,粉乱美人腮。

何处飘零金缕曲,又随魂渡凤凰台。

长此醉君怀。

贺新郎·逗晓羞云敛
（步叶梦得韵）

逗晓羞云敛。纵沙鸥、旭晴方好，梅开轻浅。

婵媛音吟金銮殿，又见霓裳舞线。

怪深院、暮晨难伴。

如梦如痴星汉影，早有期、难耐传书慢。

迟绣锦，最忧惮。

朱唇轻启香侵远。咫尺间、柔荑葱白，青丝如练。

谁入烟鬟休将问，洞彻笙箫非远。

况猜字、心思隐现。

玉露金风花弄巧，只翩然、津玉初交换。

仍未许，凤鲲汗。

长相思·情思（四首）
（步白居易韵）

一

花一期，岁一期，云鬟侵霜难自持。流光坠月池。
暮来思，朝来思，思去思来情已痴。几时占玉肌？

二

风儿痴，雨儿痴，玄兔嫦娥在梦期。唯嗟久隔离。
但须思，何须思，我寄相思聊与谁？那谁窥我诗？

三

捋情思，绾情思，穷尽诗囊恐绝词。呢喃又自欺。
影相依，光相依，鹭鹭鸯鸯三两栖。望穿秋水时。

四

寻春梅，问春梅，几瓣胭红落凤池。燕儿岂不知？
舞迟迟，音迟迟，梦里桃源几度嬉。又思那个谁！

春梦系列(两首)

一
夜色笙箫伴晕光,锦衣凤辇返南乡。
烛光熠熠点春水,羡煞鸳鸯伴枕香。

二
蜜意柔情应缱绻,醉欢梦里笑貂蝉。
痴痴纵有千般好,却待天明影只单。

红颜吟

渺渺星河挂玉钩,相思缱绻上心头。
寒灯一盏生孤寂,鸿雁千行惹戚忧。
梦里红唇真妩媚,衾中酥手好温柔。
痴情难耐时光遣,终醉伊人那眼眸。

致 Neesy 小妹

修篱种竹恋乡间,耳畔清溪恣意潺。
难得陶公邀作客,停停走走不思还。

十六字令·眺月
（步张孝祥韵）

看。
雪兔笼纱跃玉盘。
嫦娥约,
我欲共缠绵。

今日腊八追思亡父

今宵腊八是何年,寒月忆尊生诞天。
往昔蟹包香作旧,只今馅饼淡如烟。
思来多少灼心事,化作两行清泪涟。
惟愿琴音传得远,高山流水谱诗篇。

悼胡志毅先生

陇上诗联结白纱,灿星今昔陨天涯。
戍楼望月怀畴略,边塞牧歌传燕笳。
擎帜开襟明爝火,披肝沥胆壮飞霞。
志兮千里留遗韵,洒落山河谱素华。

第七部 闲咏杂谈篇

游子吟

乾坤流转，岁月蹉跎。

四海八荒，策马挥戈。

闲云野鹤，倾樽青禾。

吟风弄月，我诗我歌。

鲲鹏直竦，穹宇几何？

大风起兮，梦徊南柯。

致朗读者

百草园中数此仙，蜂飞蝶舞未留连。

捧书掬墨香沾屐，卸甲休琴恋垦田。

致南琶女

白鹭南栖古战场，箫音剑影爀烟光。

淑媛弹泪心何事？愁抱琵琶夜未央。

题交警花

交警木兰君,何须我问津。
扣留关法度,处罚重章循。
宁作横眉客,耻当和事人。
本应前赞许,又恐惹红尘。

苦学练车

苦旅平生似事迟,学从浅入欲谁师。
练来囊纳千方锦,车马如川半皱眉。

理　发

萧瑟兼葭阡陌野,谁怜风雨打杨枝。
去留何必痴嗔怨,一剪三千苦恼丝。

壬寅夏秋泡温泉（两首）

一

闻道盛乡多好汤，润肤爽体更留香。

犹怡倩影姿千魅，共浴春池享滟光。

二

日月谷中真好汤，晚风拂过百花香。

春池共浴水波滟，一任流光与岁长。

注："盛乡""日月谷"指的是位于厦门市同安区的"盛之乡"温泉和厦门市海沧区的"日月谷"温泉。

戏说"女红"

谁说汉子多鲁莽,不懂女红徒叹枉。
今日俺穿丝线行,嫦娥闻讯来颁奖。

火烧喉

清咽着火鲠娇喉,吞食如剡几日休。
怎奈仙丹难疾祛,何来神圣解烦忧?

捣练子·伤乱集句(四首)
(步冯延巳韵)

其一
口溃烂,惹心烦,茶饭无思寐入难。
最恼蝇蚊来作祟,可怜悫帅老潘安。

其二
夏雨沛,草披霓,戚戚无端玉漏迟。
烈日炎炎汗相浸,此时总是睡相宜。

其三
凭远眺，见蓬莱，倦体疏慵倚雀台。
但得城光无限美，谁家轩牖不推开？

其四
销梦别，减闲愁，惯看红尘喜与忧。
还俗老庄和孔孟，又欣青鸟伴君游。

说新疆棉花之"殇"

本是民生之一物，谁知被冠人权屈。
谎言欺众徒笑添，何必劳神装讫讫。

戏说某厅官著《平安经》

自诩真经涵养体，舞文弄墨著平安。
空娱百姓平添笑，敢问初心怎释然？

戏说某县委书记登台献艺

修礼太悲催，操胡点大雷。
既然吹滥宇，何必矗高台。
曲怖灵猿唳，音嘶野鬼哀。
叶公虽好艺，劝汝勿强来。

说刘、陈两社会人渣

本归狐与貉，造孽死无辜。
掩耳盗铃枉，张庭裸体愚。
是非天下白，贵贱世间殊。
何必存侥幸，声名自玷污！

致"11.11"光棍节

寒鸦凄切月星稀,年复经年独自飞。
月老应怜影孤寂,渡来情侣鹊桥依。

抬头见喜

闲逛沙坡尾,凭窗见雀巢。
灰黄三五只,活趣上眉梢。

育 雏

宫墙翰墨前,挥笔点童年。
晓理培桃李,如诗绘锦篇。
寒窗携稚子,璞玉种仁缘。
犹有园丁志,初心永释诠。

璞 玉

负手玉人盈袖香,五光七色彩云妆。
花中仙子桃溪下,满室春光醉沈郎。

菩萨蛮·那一夜
(步李白韵)

鹊桥久隔今相见,那堪羞涩囊中弹。
又恼倦身怜,一尊未指天。

昵亲多可贵,缱绻个中味。
今夜梦婵娟,缘何衾湿涎?

夏日羁思

日落山含韵,林深径更长。
闲居书枕侧,羁客忽思乡。

致敬"3.8"女神节

又是阳春三月八,满园春色驻芳华。
时来万物皆苏醒,尤羡人间百媚花。

拔智齿

虎口取牙多历险,神医信手摘危橼。
入麻如蛰小蜂尾,绝绝功夫定九乾。

超 越

人生如戏演何妨,不必觊觎搜肚肠。
大道无垠天地阔,无争亚冠好儿郎。

注:2015 年 12 月西班牙举行一场自行车赛,车手埃斯特万在距离

终点时不幸遭遇爆胎,他身后的竞争对手纳瓦罗拒绝超越对手。人生的路上,比的不是冠亚军,而是胸怀与境界!

观微信有寄(三首)

一

雏子正芳华,伫灯迎雪花。
人间言美事,莫过恋思遐。

二

起舞一青娥,清姿魅几何?
恍然昨宵影,梦里又消磨。

三

远黛随晖烬,海天一色裁。
瘟神终散去,因有锦鲤来。

观抖音有寄（三首）

一

一帘疏雨半墙幽，灯火寥残淡许愁。

怎奈相思难释解，梦频缱绻鬓霜秋。

二

鹭江欲暮醉归人，烟火人间遁远尘。

月上蟾宫谁起舞，霓裳如雪一枝春。

三

平生最爱小花仙，无奈嫦娥在顶巅。

每向故园借灯火，怎堪冷月霜飞天。

观《人生轨迹》雕塑

回首流年似梦游,飞轮辗落几多愁。
丹山碧水清音彻,一缕青丝染鬓秋。

采桑子·观影《芳华》有寄
（步和凝韵）

硝烟散去倾芳酝。又弹花钿,倩影翩妍。
锦瑟青春傲吐丹。

梅花岭上迎风舞。不禁心酸,蜂蝶回旋。
忍负韶华妩媚年?

第八部 感事抒怀篇

2018年元旦抒怀（两首）

一

今别柳营门，卅年弹指奔。
风霜催鬓白，雨雪浸心温。
康健爹娘福，明聪子女尊。
峥嵘依旧是，赤胆铸钢锟！

二

独守柳营门，无边夜色屯。
江霜催月老，山雨乱云浑。
康健爹娘福，明聪子女尊。
何须追十八，热血永温敦！

丙申岁末汉斯游艇之夜

跨年航海汇，时序又新眸。
辗转三生苦，沉浮百世愁。
清眉怀侠义，铁骨写风流。
羁客何安逸，婵媛妩媚柔。

夜思（两首）

一

丹霄渐晦幕蓝泠，楼宇静安风响铃。
情侣今宵恋休忘，归时摘下启明星。

二

孑然冷剑凝天笑，云影朦胧眺鹭飞。
虽醉无眠何可寄，青鸾御兽渡魂归。

无 题

一

七年弹指过，转瞬已蹉跎。
回首惟嗟叹，梅花烙几歌。

二

听雨鹭江畔，烹茶鼓浪鸣。
谁知曲中意，不觉泪花盈。

临窗惹乡愁（四首）

一

江波蓝似锦，鼓浪美如歌。
料得新春近，盈窗紫气多。

二

梦里春风愿，童心又暗怡。
梅花雪中俏，岁岁发新枝。

三

海天浮旭光，一骑逐波长。
谁懂思乡苦，几番梦里殇。

四

雁字一天长，丹霞接故乡。
欲乘风作翼，明日伴儿郎。

望乡（两首）

一

魂梦江南几度唏，可怜游子掩重扉。
扁舟催渡惊风雪，此去那堪忐忑归。

二

昨日穷秋碎雨催,寒潮逆袭叶凋回。

归来灯火生桥暖,忽觉西风策马来。

踏莎行 · 春思

（步晏殊韵）

浅浅清欢,盈盈清泪,红尘旧事撩人醉。

任他一笑渡春风,和鸣琴瑟天仙配。

杳杳青山,迢迢绿水,子衿璞玉风云会。

宫商纵与鸟声同,谁知鸟语其中味。

霜叶飞 · 春绪

（步周邦彦韵）

时光煮雨。经年许,抬眸烟霭飞遽。

执鞭策马写风流,往事犹歆诩。

绾不住、长缨所顾。寒光辉晓西津渡。

蕴剑胆琴心,可恣意、风花雪月,且莫辜负。

喜觅芳草珠玑，遣兴飘逸，漫游诗词歌赋。

人间有味是清欢，任九天辰暮。

最难得闲来品酤。欣然俗绊随风去。

念暗香、吟金缕，缘起情依，乃心安处。

注："西津渡"位于江苏镇江城西的云台山麓，是依附于破山栈道而建的一处历史遗迹；"暗香""金缕曲"均指词牌名。

瑶阶草·愁绪

（步程垓韵）

烟岚隔窗近，忽觉些清冷。

茶饮微醺，四下皆寂静。

一人半醒，一楼孤仃，一城生病。

一池碧涟苦咏。

绪难整。倚栏闲眺，醉眸极处空虚影。
又独临风，氯氨厉厉唯悚警。
晦明晟缺，缺时若命。
晟时若幸。流光又把谁等？

生查子·春愁（四首）

（步韩偓韵）

其一
潇潇如烟雨，借酒浇愁晕。可怜的卢单，嘶吼才沉闷。
执剑锉光遥，烽火随风遁。梦海泛龙舟，犹有杀声震。

其二
戎机乃初息，又涉文宣足。积雪早消融，岸柳抽丝绿。
檐下正春浓，闲唱玲珑曲。谁恋此红尘，流光太匆促。

其三
长亭依山寺，如是青青柳。春水绿氤氲，又晓燕来溜。
昨夜雨纷纷，多少相思皱。何计可消除，唯有一壶酒。

其四
春光赠予谁，眉蹙无端问。香迹了无痕，追昔依温润。
今又熨相思，雨骤添烦闷。邀酒赏花时，可记风中信？

杂 咏

九经三史写春秋,八卦四评言妄求。

十雨五风数番浸,七情六欲几时休。

涉滩行水岂惊劫,卸怨抚伤方渡舟。

万苦千辛都历尽,一生从善得清流。

飞 绪
(排律)

庚子属本命,流年霎一轮。

初春经大疫,仲夏历艰辛。

游旅逢生劫,发事莅河滨。

鲁莽愚昧崽,凶险校书人。

野鹤方折翼，旷床难侧身。

茶汤味趋寡，孤苦泪沾巾。

朝暮已凌乱，精神又颓沦。

凭聆歌意暖，所幸耳温亲。

难耐时福祸，况言凡庶民。

雨来雨去急，日落日升频。

倘揣戚悲气，非怀赤子心。

仍须存善念，尚且尽忠仁。

如此思飞绪，得来倍自珍。

卜算子·渡劫

（步苏轼韵）

能不忆龙蟠，拔剑何堪顾。

醉里金樽伊影长，皆遁光阴去。

赤兔奋蹄扬，谁立瓜州渡。

不过红尘千雪霜，已入潇潇处。

注："瓜州渡"风景区位于扬州市古运河下游与长江交汇处，是国家水利风景区，扬州港与其毗邻相接，镇江金山寺与园区隔江相对。

又是华灯初上时（两首）

一

又是华灯初上时，叠红似又展新姿。

蹉跎岁月随流水，低唱浅吟花瓣诗。

二

又是华灯初上时，八荒四海正红旗。

襟怀家国乾坤好，海晏风清喜赋词。

朝中措·颜悦

（步欧阳修韵）

东风和煦暖南乡，谁恋海中央。

笑看风云舒卷，闲谈世事沧桑。

宫商角羽，秦腔吴韵，满苑花香。

才叹英雄气短，又思儿女情长。

春光好·醉酒吟

（步晏几道韵）

夜无央，罄盅坛，醉蹒跚。

自古英雄多恣意，任娱欢。

可怜肠胃如剜，蹈江海、风月凋残。

哪得人间多美事，梦依难。

生日感怀

一朝一夕一耕行，一喜一悲一梦平。

一草一花一诗意，一年一岁一峥嵘。

岁杪寄怀
（排律）

一醒天来早，倏忽又近春。
岚山铺黛卷，碧水逐银鳞。
回首微微事，唏嘘点点珍。
随风吹散去，任雾荡逡巡。
迎庆曾齐力，防冠未惜身。
宅装知苦厄，宝造懂艰辛。
因慨无常态，才怜至爱亲。
初如千万担，终晓两三钧。
鸥鹭频入眼，溪花乱昧人。
仍期多砺炼，不枉意归真。

采桑子·经年不过归鸿宇
（步和凝韵）

且看江畔盟鸥鹭，烟水濛濛，情意浓浓。
美景依然如昨同。

经年不过归鸿宇，如电如风，消逝无踪。
往事犹欣回首中。

江城子·戊戌年初二携儿登临圌山有感

（步苏轼韵）

谁谙游子断愁肠，水泱泱，路茫茫。

几梦归来，今觅好时光。

戎马生涯三十载，何曾惮，冽风飑。

惟嗟岁月绝情霜，塔戕凉，草镶黄。

执铁扬鞭，步履是铿锵。

但得长风驱骇浪，期予汝，俏英郎。

第九部 友情题赠篇

贺海荣《心海放歌》诗词集出版

俞邃

心海拾玑，诗兴绽开。

泛舟潮涌，放歌飞来。

妙笔抒胸，家国情怀。

赞颂英模，唱响时代。

审美情思，通篇承载。

赤子之心，尽显豪迈。

中华瑰宝，锐意传脉。

风格独具，海荣壮哉。

（俞邃，男，江苏南通人，现居北京。中国著名国际政治学者、中国外交与国际战略问题研究专家。国际自然和社会科学院院士，俄罗斯科学院远东研究所荣誉博士，中俄、俄中友协最高荣誉纪念奖章获得者。）

读《心海放歌》

谭南周

军旅赋归文化程,鹭门何幸结骚盟。

犹存铁甲浩然气,不废书生浪漫情。

心海放歌歌激荡,诗山寻路路坚行。

华章四卷从头读,思绪悠悠笔劲声。

(谭南周,男,江苏高邮人,现居厦门。著名教育专家、诗人,中华诗词学会理事、福建省诗词学会副会长、厦门市诗词学会会长。)

海荣辑诗见示

刘能英

十年不见海荣君,日日耽诗网上闻。

莫道同人难赏识,我今读罢意长忻。

(刘能英,女,武汉新洲人,现居北京。中国作家协会会员、中国自然资源作家协会签约作家、中华诗词学会会员,鲁院第22届高研班学员。)

画堂春·读海荣兄《心海放歌》卷有感

练 欢

剑花绾作指间柔,浮生对半春秋。
万重心绪一壶收,缓带轻裘。

弦上襟怀堪寄,炉边谈笑方遒。
临风啸咏为君酬,须最高楼。

(练欢,女,生于兰州,现居厦门。福建省诗词学会常务理事,厦门市诗词学会会长。)

水调歌头·致海荣
——贺赵海荣《心海放歌》诗集出版

许见远

征帆卷沧海,逐日梦熔金。
燕鸥鸣跃,曼妙航迹弄瑶琴。
年矢曦和竞策,星簇望舒晖映,灯塔耀驱阴。
回首笑惊险,豪气放歌吟。

露凝霜，兰桂绽，远芳侵。

漩涡标点，骇浪平仄蕴涵深。

掬海研磨挥墨，裁剪霓虹舒展，志远阔胸襟。

猎猎旌旗舞，诗韵铸丹心。

（许见远，男，江苏镇江人，现居镇江。中华诗词学会会员，江苏省镇江市作家协会理事、副秘书长，中国硬笔书法协会诗书画艺术院副秘书长，镇江市硬笔书法家协会副主席。著有诗集《风翎》。）

满庭芳·致逸涵吟长
——贺《心海拾玑》《心海泛舟》《心海潮涌》《心海放歌》陆续付梓

郑福友

碧水蓝天，金秋黄绶，拾玑旋律情浓。

几程军旅，磨炼亦淘融。

昔日泛舟踔厉，轻走笔、韵味千重。

放歌处，今朝付梓，分享醉诗翁。

欲窥何必等，相携无悔，惜别囊空。

慨绝句佳联，宋雨唐风。

莫道小词一阕，比酬唱、胜沐春风。

归心海，挥毫泼墨，潮涌一壶中。

（郑福友，男，浙江温岭人，现居温岭。中华诗词学会、中国楹联学会会员，中国楹联学会对联文化研究院、北京华夏诗联书画研究院、浙江时代诗词研究院研究员，花山吟梅诗社社长。著有《水韵诗文》二卷。）

卜算子·贺军旅诗人赵海荣兄《心海放歌》诗词集付梓

张远谋

心海放声歌，是把衷情诉。

细赏新辞妙境生，泉涌惊人句。

逾纪勉耕耘，造化何劳补。

激荡胸怀壮志情，漫写山河赋。

（张远谋，男，广西桂林人，现居桂林。中华诗词学会会员、中国美术家协会会员、中国传媒大学美术传播研究所中国画研究员、中国国画家协会常务理事、广西美协会员、国家一级美术师。）

题赵海荣兄《心海放歌》诗词集

林良丰

戎马天南兼顾曲,文章般若入珠玑。

思明自古风骚地,心海涟漪应化机。

(林良丰,男,福建厦门人,现居厦门。著名画家、诗人。中国美术家协会会员、福建省美协山水画艺术委员会副秘书长、厦门市张晓寒美术研究会会长。)

题赠军旅诗家赵海荣并贺《心海放歌》付梓

郭传良

鹭岛相逢共朗襟,华章又捧十年心。

豪情宛转频收放,铁马峥嵘任啸吟。

海上云涛舒壮气,江南烟雨化清音。

丹枫尽染三秋色,片片诗钟散旧林。

(郭传良,男,江苏南京人,现居南京。中华诗词学会、中国楹联学会会员,江苏省书法家协会会员,江苏省直书协理事。)

附一：楹联

题圁山居士雅室

上联：凭山观景，听雨啜茶；

下联：忆昔抚今，坐禅悟道。

题安徽合肥雨泉茶社

上联：雨露喜荷，雨丝喜燕，荷燕相殊；

下联：泉鸣惜知，泉涌惜音，知音共话。

题浙江温岭方山顶云霄寺

上联：峰潜古刹参三界；

下联：云荡方山揽大千。

题德明新居正门

上联：德性明澄彰远志

下联：存仁英惠谱宏图

题德晟居正门

上联：文窗绣阁雕鸾凤

下联：银烛金杯耀子孙

题战友高宅正门

上联：高堂美景呈祥兆

下联：陈院银鸾绣曙晖

题战"疫"必胜图

上联：利剑斩妖魔，军民携手挽危卵；

下联：丹心垂道义，精锐并肩谱锦篇。

题武汉战"疫"

上联：

八万白衣驱孽瘴，疾风行逆，共克时艰，扶危济世修天裂；

下联：

三千精锐显忠诚，聚气凝神，义无反顾，沥血呕心救众生。

自题名联一幅

上联：海纳百川容乃大

上联：荣归万宇渡非凡

题壬寅中秋恰逢教师节

上联：杏坛济济，桃李纷纷，风流绛帐彰华夏；

下联：星汉莹莹，冰蟾皎皎，圣洁清辉洒玉庭。

附二：现代诗

丝路之石

这是大漠的风划出的痕，蜿蜒虬曲
这是戈壁的沙扬起的海，磅礴大气
西风瘦马，驼铃羌笛
桑蚕吐丝，景德制瓷
穿越汉唐明清，光耀华夏大地

如今楼兰不在
帕米尔高原依旧
脚踩岁月的背脊
穿越历史的沧桑
我不禁沉默不语，低颦唏嘘

远眺崇山峻岭，寰宇天际
亘古的刀锋，刻下时光的密语
千万年的化育，悄然生长骨骼和纹理
每一块岩板，就是一卷经书
每一次铺展，就一次呼吸

心海放歌

我泱泱大国,轻柔五彩的丝绸
历经 16 个世纪,连接亚欧大陆
遍布五湖四海
横贯南北东西

穿古越今,斗转星移
您看,一个世界上最具有发展潜力的经济大走廊
正携手共进,合作共赢,互惠互利
造福中国,造福世界,创造奇迹

让我们共同唱响世界舞台的鸿篇巨制
这声音犹如波涛骇浪,澎湃不已
这声音犹如天籁之音,持久不息
这声音犹如一首优美的诗篇
美妙无比……

秋　语

在这淡淡的秋季
我多想穿过
孩童时的藩篱，走近你
在盛夏的树荫下
安然静谧
徜徉，躲着烟柳雨丝

在这淡淡的秋季
蒲公英随风摇曳
疯长的葳蕤、野草、花枝
伴我漫天思绪
浸淫，久违的浓郁气息

在这淡淡的秋季
我采菊东篱
巍峨的报恩塔下，亲吻你
雾朦的湖衍，如烟的水际
是谁？迎风孑立
沉醉，阡陌红尘里

稻草人

时光似已停滞
乡村变得陌生
田埂间的鸟儿却步
池塘的鱼儿显得困顿

器械闪烁着寒光
滴液渗透着冰冷
血肉让人胆颤心惊
福尔马林的味儿让人眩晕

横亘九宇之域
恶魔露出狰狞
天地与神灵，坚守与虔诚
执考着可怜的稻草人

夜，铅一般凝重
心，充盈精气神
苍穹之下，天籁之战
亲情无敌，直面死生

别慌，我就在你身旁

今天你就要迎着朝阳
带着音乐殿堂之渴望
毅然走向考场
对着圣者演唱
假如你感到一丝紧张
你的灵魂就将要凋敝
哦，别慌
我就在你身旁

云门咸池乃雅乐典范
而现代乐坛血脉偾张
让人痴迷、令人神往
你看那高飞的海燕
和汹涌澎湃的海洋
都向逐星宇、尽情绽放
哦，别慌
我就在你身旁

你怀揣文艺男孩梦想
喜欢在五月天里徜徉

附二：现代诗

心海放歌

我都看在眼里、记在心上
白鸽的啼鸣、琴瑟的和畅
或是同这相似的声息
都是你梦中的新娘……
哦，别慌
我就在你身旁

柔

你应踏浪而来,云鬓花颜
衣袂飘飘,金步摇曳
举手投足之间,万种风情
此谓优柔

你轻启朱唇,口气如阑
春燕呢喃,云淡风轻
赏曲院风荷,品人间滋味
此谓妍柔

你就是春水柔,黄鹂喉
绯霞点点,飘落宫墙头
一尺素,一丝柳,一寸心
此谓娇柔

你花篱种心,唇似杏柿
温润如玉,纯真羞赧
天地间有柔风,有白云,有诗篇
此谓夭柔

心海放歌

你夸毗精巧，粉黛绯晕
如饮佳濡酿，倾醉君王候
惜君百炼钢，都化绕指柔
此谓绵柔

你袅袅柔丝不自持
更禁日炙与风吹
胸中有丘壑，心扉有柔肠
且喜大江歌壮志，不厌小桥诉蜜意
此谓谐柔

你许知，似水流年殇
人间至味是清欢
两情若是久长时，又岂在朝朝暮暮
世事不堪一叹息，忍顾鹊桥归路
此谓至柔

附三：文旅足迹

2013.06　《木棉花》在《人民前线（东线副刊）》刊发。

2013.07　《酒泉出征壮行》在《解放军报（长征副刊）》刊发。

2013.07　《致角屿守岛官兵》在《解放军报（长征副刊）》、《海军文艺》杂志刊发。

2013.08　《蝶恋花·海魂》、《眺海盼归》在《军营文化天地》、《海军文艺》杂志刊发。

2013.10　《梦江南·旅中吟》在《军营文化天地》杂志刊发。

2013.10　《致十月的海燕》、《那一颗参天大树》在《厦门文学》杂志刊发。

2014.01　《贺第十七届全国推普周活动在厦门开幕》在《中国语言文字网》、《中国语言文字报》刊发。

2014.08　《七律·八一巡礼》在《人民前线（东线副刊）》刊发。

2014.11　《满庭芳·纪念古田会议胜利召开85周年》在《中国国防报（长城副刊）》刊发。

2014.12　《摊破浣溪沙·凯旋》、《菩萨蛮东南演习》

在《中国国防报（长城副刊）》刊发。

2015.01 《满江红·圜山吟怀》在《人民日报（海外版）》刊发。

2015.01 《木兰花慢·铁血丹心》在《人民前线（东线）》刊发。

2015.05 获"东方美"全国诗联书画大赛金奖。

2015.06 《七律·纪念抗日战争胜利70周年》在《中国国防报（长城副刊）》刊发。

2015.06 《南楼令·写在抗日战争胜利70周年之际》在《中国国防报（长城副刊）》刊发。

2015.06 获首届"诗词世界杯"中华诗词大赛一等奖，被《诗词世界杂志社》授予"中华优秀诗人词家"荣誉称号。

2015.07 《题依法从严治军》、《题厦门音乐学校2014届学生军训》在《边寨诗刊》（2015总第17期）刊发。

2015.08 《南楼令·写在抗日战争胜利70周年之际》等诗词入编厦门市诗词学会《纪念中国抗日战争胜利七十周年诗词集》，并由厦门市朗诵协会在市青少年宫红领巾剧场进行诵读表演。

2015.10 《七律·纪念抗日战争胜利70周年》等诗词入编纪念中国抗日战争胜利七十周年诗词项目《军歌嘹亮》，被中国诗词家协会授予"爱国诗人"荣誉称号。

2015.10 获第十二届"天籁杯"中华诗词大赛金奖，《满江红·圜山吟怀》等诗词编入《天籁之音Ⅻ·第十二届天籁杯中华诗词大赛优秀作品集》。被中华当代文学学会授予"德艺双馨中华诗词家"荣誉称号。

2015.10　获第七届华鼎奖全国中华诗词大赛金奖，被《诗词百家杂志社》授予"当代中华优秀诗人"荣誉称号。

2016.03　被国际中华诗词总会、中华诗词研究会、中华诗词学术研究院、中华诗词著作家评委会授予"中华诗词特级著作家"荣誉称号。

2016.05　获"诗词世界杯"第二届中华诗词大赛一等奖，被《诗词世界杂志社》授予"中华优秀诗人词家"荣誉称号。

2016.05　获"东方美"全国诗联书画大赛金奖。《"9.3"大阅兵礼赞》、《夜合花·纪念抗日战争胜利70周年》等诗词被《百家》刊发。

2016.06　《心海拾玑》《心海泛舟》诗词集被福建省图书馆、厦门市图书馆收藏。

2016.07　《赵海荣：诗词可以成为我们生命中不可或缺的一部分》在《全军政工网（军旅文学）》刊发。

2016.07　《沁园春·写在南海仲裁案闹剧粉墨登场之际》在《中国军网（军网专题）》、《全军政工网（军旅文学）》刊发。

2016.07　《金缕曲·魂兮归来——祭维和牺牲的烈士们》在《全军政工网（军旅文学）》刊发。

2016.09　《南楼令·纪念抗日战争胜利70周年》、《菩萨蛮·东南演习》、《金戈铁马》等诗词在《文艺报》和《中国作家网》刊发。

2016.09 《"9.3"大阅兵礼赞》、《满江红·军改畅怀》、《夜合花·纪念抗日战争胜利70周年》编入《东方美全国诗书画作品集2016卷》。

2016.09 《满江红·军改畅怀》在第八届"祖国好"华语文学艺术大赛评选中荣获金奖。

2016.09 《满江红·军改畅怀》、《南楼令·纪念抗日战争胜利70周年》、《鹧鸪天·乙未秋访王安石故居》等诗词在《厦门诗词（十八期）》刊发。

2016.10 《满江红·军改畅怀》在《中国文艺名家传世作品集》评审中荣获特等奖。

2016.10 《满庭芳·军艺毕学抒怀》在《全军政工网（军旅文学）》刊发。

2016.10 获第八届华鼎奖全国中华诗词大赛金奖，被组委会、《诗词百家杂志社》授予"文化传承百佳诗人"荣誉称号。

2016.11 《纪念红军长征胜利80周年》在中国大地出版社《大地文学（卷三十六）》刊发。

2016.12 获第十三届"天籁杯"中华诗词大赛金奖，《满江红·军改畅怀》等诗词编入《天籁之音ⅫⅠ·第十三届天籁杯中华诗词大赛优秀作品集》。

2017.04 《满庭芳·军艺毕学抒怀》荣获2017年"东方美"全国诗联书画大赛银奖。

2017.04 获第四届"相约北京"全国文学艺术大赛一等奖。

部分作品入编《国家诗人档案》，荣获"国家一级诗人"荣誉称号。

2017.05　获第八届"羲之杯"全国诗书画家邀请赛一等奖。

2017.05　获第三届诗词世界杯中华诗词大赛一等奖。

2017.05　受解放军艺术学院文化管理系邀请，为2017年全军文化影视管理专业士官升级培训班学员授课《军旅诗词品鉴与创作漫谈》。

2017.06　《蓦山溪·游圆明园遗址》荣获第四届中外诗歌散文邀请赛一等奖。

2017.07　被诗词百家杂志社、国际中华诗词协会、文学作家网评为"中华诗词一级诗人"。

2019.07　《长相思·忆苍山洱海》在第二届"新时代"全国诗书画印联赛中荣获金奖。

2017.09　《清平乐·时雨》在2017年"江山颂"全国诗书画印大赛中荣获一等奖。

2019.09　《菩萨蛮·元夕》在第六届中外诗歌散文邀请赛中荣获金奖。

2019.12　《白露》在2019年全国诗书画家创作年会大赛评选中荣获金奖。

2020.01　《采桑子·室雅》在第三届"中华诗词有奖征集"活动中荣获一等奖。

2020.01　《为何你的眼中饱含泪水——致钟南山院士》被央视网、央广网、新浪网、腾讯网、中国发展网、东南网、厦门网等30多家媒体播发。

2020.02 《长相思·忆苍山洱海》在2020年中国诗文书画家创作峰会中荣获特等奖，并入编《中国诗文书画家名作金榜集》（2020年卷）。

2020.02 《金缕曲·写在举国抗击新冠病毒肺炎疫情之际》参加厦门市抗击新冠病毒肺炎疫情书画展。

2020.02 《临江仙·战"疫"》（新韵）与著名台湾南音表演艺术家王心心合作，在两岸艺术交流中产生反响。

2020.06 《满江红·战"疫"有寄》部分抗疫诗词在"同心战疫祈福中华"——东方中国诗家方阵在行动特别征集活动中荣获金奖。

2020.10 《七律·战"疫"驱魔》编入南音演唱，获福建省艺术馆、福建省非物资文化遗产保护中心评定的2020年福建省"抗疫情·福建非遗在行动"系列活动优秀作品奖。

2020.11 《白露》入编《中国当代作家书画家名作典藏》，被全国诗书画家创作年会授予"2020年全国诗书画风采人物"。

2021.07 获第四届中外诗歌散文邀请赛一等奖。

2021.05 《丙申秋登北京八达岭长城感作》在庆祝建党100周年全国文艺家创作峰会中荣获特等金奖，并入编《建党100周年全国文艺家精品大系》。